AF495590

EMMANUEL DUCROS

# CHANTS

# DE GUERRE & D'AMOUR

PRIX : 2 FR. 50

## PARIS

*Aux Bureaux de la* REVUE DES POÈTES *et du* SONNETTISTE
A. CHÉRIÉ, Directeur
13, RUE DE MÉDICIS, 13

1878

# CHANTS

# DE GUERRE & D'AMOUR

Emmanuel DUCROS

# CHANTS
# DE GUERRE & D'AMOUR

PRIX : 2 FR. 50

## PARIS

Aux Bureaux de la Revue des Poètes et du Sonnettiste
A. CHÉRIÉ, Directeur
13, RUE DE MÉDICIS, 13

1878

# A LA FRANCE.

Mon chant n'est pas un chant de gloire
Fait pour louer un conquérant;
Pour célébrer une victoire,
Il passerait indifférent.
Ton beau réveil, ô grande France!
Dans le malheur ta résistance,
L'héroïsme de tes cités,
De nos femmes le fier courage
Au milieu du sang, du carnage,
Méritent mieux d'être chantés.

Sans crainte on commence la guerre.
Que n'avez-vous, pauvres Français,
La peur, une peur salutaire,
Au lieu d'être sûrs du succès?
Des autres vous croyez la fuite
Sûre, bientôt à votre suite
Vous traînerez leurs généraux,
Vous reviendrez et dans les fêtes
Les femmes chantant vos conquêtes,
Donneront la palme aux héros.

Pauvres mères et fiancées
Quelle nouvelle apprenez-vous?
Par la douleur tout oppressées
Vous ne vivez plus qu'à genoux.
Quelle existence! pauvres femmes,
L'attente déchire vos âmes,
L'incertitude, doute affreux,
Vous désespère et vous torture,
Et, pendant que la guerre dure
Vous n'avez pas un jour heureux.

Vos enfants, vos amants combattent,
Les dangers même ont leur attrait ;
Les bombes auprès d'eux éclatent,
Le rire moqueur apparaît.
Toutes seules dans vos demeures
Vous comptez les jours et les heures,
Redoutant les moindres combats ;
Vous craignez fort pour eux les balles ;
Blessés, vous les voyez, tout pâles,
Tout sanglants, vous tendre les bras.

Bien tristes paraissent vos veilles,
Plus triste est la réalité.
Si la mort frappe vos oreilles
Le bien-aimé tombe indompté.
Vous ne pouvez prévoir la honte,
Le rouge au visage vous monte
A ce seul mot : le déshonneur !
Ceux que vous aimez sont des braves,
Vous avez séché vos yeux caves,
Toujours excité leur ardeur.

La guerre se présente avec sa double face :
     Conquête, invasion.
Le vaincu, du vainqueur souffre l'horrible trace
     La dure oppression.

Il perd tout à la fois le renom, la puissance,
     Le pays des aieux.
Longtemps il se recueille, en proie à la souffrance,
     Sous des yeux envieux.

La nécessité fait accomplir des merveilles ;
     De jour en jour plus préparé ,
Il profite, à la fin, des travaux et des veilles
     Et se lève régenéré.

Le vainqueur sûr de vaincre, oublie et laisse vivre
     Dédaigneux, ses faibles voisins ;
Il est trop fier de lui, sa valeur le rend ivre ;
     Sans peur, il brave les destins.

Et n'a-t-il pas, pour lui, l'antique renommée ?
     Il ne se plait plus qu'au plaisir,
Il n'a plus de souci, de l'invincible armée
     Qui s'amollit dans le loisir.

Les Prussiens sont en grand nombre,
Depuis longtemps bien préparés,
Ils nous attendent, là, dans l'ombre,
Pour nous saisir tout effarés.
Brave en vain le soldat succombe ;
Chaque bataille est une tombe
Où s'ensevelit un espoir.
Du marin que peut le courage
Lorsque le vaisseau fait naufrage
Et que le ciel reste tout noir ?

Pleurez, la France est envahie,
Pleurez, femmes, on est battu,
Déplorez notre ignominie,
Le vieil honneur Français s'est tû.
Toute une armée est prisonnière,
Les ennemis, la mine altière,
Sans lutte marchent sur Paris.
Ils vont saisir la capitale,
J'entends le son de la cymbale
Qui nargue nos pleurs et nos cris.

Charriant avec eux leurs malles,
Ils arrivent épanouis,
Dignes des plus cruels Vandales,
Ils se jettent sur le pays.
Ils s'enrichissent au carnage,
Ils organisent le pillage,
Ils traînent leur gloire au fumier ;
Tout le pays sera leur proie.
Entendez-vous les chants de joie
Qu'ils entonnent à plein gosier?

« Gloire, gloire au vainqueur Guillaume.
De notre temps le plus grand homme !
Il a vaincu les ennemis.
La terre tremble quand il passe,
Les rois redoutent sa menace,
Devant lui tous restent soumis.
Né, pour accomplir un grand rôle,
Il abat pour jamais la Gaule
Et les Français déshonorés.
Parez vous, ô filles de France !
Nous aurons festins et bombance,
A Paris pour nous préparés. »

Que ferez vous, Français, dans ce péril extrême ?
Saurez vous vous montrer dignes de vos aïeux
Qui, riant, auraient vu s'avancer la mort même ?

Rome toujours eut peur de ces audacieux.
« Que craignez vous, Gaulois? » leur demande Alexandre.
« Nous ne redoutons rien que la chute des cieux. »

Contre César, dix ans, ils savent se défendre,
Le danger imminent, ils disent : « Nous voilà. »
Leur beau pays n'est plus qu'un grand monceau de cendre.

Un jour, un homme advint, qui leur dit : « Halte là,
La terre est à moi seul, conducteur de barbares. »
De Châlons, furieux, doit s'enfuir Attila.

Entendez vous ces cris, ces joyeuses fanfares ?
Tout le monde est promis aux Sarrasins altiers.
Les Francs chassent bien loin ces peuplades bizarres.

Ils sont défaits deux fois ; le roi Jean à Poitiers
Comme un vrai chevalier doit être pris, sa hache
Brille et remplit de peur les plus braves guerriers.

La France est aux Anglais, les Français sont sans tache,
Il ne leur reste plus que Bourges, qu'Orléans ;
Ils luttent pleins d'espoir, sans frayeur, sans relâche.

L'éclat du roi Louis pâlit sur ses vieux ans,
Il rejette la paix à son honneur funeste,
Il combat, Denain voit ses soldats triomphants.

Brunswick vient de lancer un sanglant manifeste,
De Paris il veut faire un rocher rocailleux,
Il les trouve à Valmy, comme il devient modeste !

Français, resterez vous dignes de vos aieux ?

> Sauvez l'honneur de la Patrie,
> Debout, aux armes ses enfants !
> Il faut combattre avec furie,
> Exterminer les Allemands.
> Souvenez-vous de vos prouesses,
> Autrefois, ces mêmes altesses
> Envahirent notre pays ;
> Le cœur tout bouillonnant d'audace
> Des paysans levés en masse
> Arrêtèrent les ennemis.

L'appel de tous s'est fait entendre,

Tu t'agites, peuple lion,

Jusqu'au bout voulant te défendre ;

Tu vis toujours, ô nation.

Les femmes ont séché leurs larmes,

Elles ont calmé leurs alarmes,

Envoyant leurs fils à la mort.

« Pars, pars, enfant, c'est pour la France

Lutter, mourir avec vaillance,

D'un vrai Français, voilà le sort. »


Prodige ! au nom de la Patrie,

Se sont dressés des combattants ;

Leur indifférence est guérie,

Ils ont la foi d'un autre temps.

La Patrie est tout ce qu'on aime,

Père, mère, amis, l'amour même,

C'est le nom chéri des aieux,

C'est le plus beau de l'héritage

Que se transmettent d'âge en âge

Leurs fils avec un soin pieux.

Alors qu'on ne voit qu'égoïsme,
Que l'on craint pour l'humanité,
Soudain apparaît l'héroïsme
Par ce saint nom seul excité.
Aussitôt les haines s'apaisent,
Les partis eux-mêmes se taisent,
Ils s'unissent dans le danger.
Le péril menace la mère,
On oublie, on se trouve frère ;
On ne veut que la protéger.


Ils chantent, tout heureux d'avoir fini si vite,
Ils avaient eu bien peur en voyant nos soldats
A Reischoffen mourir et ne se rendre pas....
Hélas ! vous n'êtes plus, braves troupes d'élite.


Sedan, sans nul espoir, met le peuple à leurs pieds ;
Lutter serait folie, on n'a plus une armée,
Que faire sans la troupe à vaincre accoutumée ?
Ils chantent, de festons couvrent leurs destriers.

La guerre est terminée, et, dans la capitale,
Vont défiler bientôt les régiments vainqueurs ;
Les officiers, déjà, pensent ravir les cœurs
Et retourner gorgés vers la terre natale.

Oui, vous avez vaincu, vous tenez l'empereur
Prisonnier..., savez-vous qu'il reste encore des hommes
En France ? des cœurs forts ? pour vous, facheux symptômes,
Les désastres n'ont pas apporté la terreur.

Vous avez excité tout un peuple de braves.
Résolus à lutter, tous sont prêts à mourir ;
Au milieu du danger, voyez-les accourir,
La valeur des Français ne connaît pas d'entraves.

Les citoyens armés vous attendent venir.
O mânes des aieux ! inspirez-leur courage ;
Comme vous, dans l'histoire inscriront-ils leur page ?
Vont-ils par leur victoire étonner l'avenir ?

Devant les Prussiens, Paris livre bataille :
    Il se redresse menaçant ;
Sans crainte des obus, il vit calme, et les raille ;
    Il semble un lion rugissant.

Dans la Province on fait des efforts gigantesques;
    Des bataillons naissent du sol.
Ils ne redoutent pas ces troupes si grotesques,
    Que l'on verra prendre le vol.

On ne peut pas lutter contre eux, vainqueurs du monde,
    Un seul instant même tenir?
La ville qui résiste à leur masse profonde
    En garde un sanglant souvenir.

Se peut-il? Von der Thann est chassé d'une ville ;
    Par nous, Orléans est repris.
Que va-t-il se passer ? Serait-il donc possible
    Qu'on puisse débloquer Paris.

Les Français de nouveau renouvellent leur gloire,
    Ils sont plus grands que le malheur.
Coulmiers, nouveau Valmy, serait-ce la victoire?
    A l'horizon, quelle lueur !

C'est un de ces moments inouis dans l'histoire,
    Tout est remis en question.
Éperdu, l'Allemand avec peine peut croire
    Au réveil de la nation.

En ce moment suprême un cri se fait entendre :
    Metz n'appartient plus aux Français.
Jusqu'au bout les Messins, n'ont pas su se défendre,
    Se faire un glorieux décès !

Je ne veux pas, Messins, vous jeter l'anathème,
    Car il ne vous toucherait pas.
Tu fis tout ton devoir, grande ville que j'aime ;
    Un traître a livré nos soldats.

Tels que des prisonniers ayant fait des merveilles
Dans d'immenses travaux pour pouvoir s'évader,
Se sentant tout heureux au port près d'aborder,
Soudain perdent leur force et le fruit de leurs veilles.

Apercevant venir leurs gardiens armés,
Ils se croyaient sortis de l'esclavage horrible,
Ils présentent leurs corps aux coups comme une cible,
Ivres de désespoir, de courage animés.

Ainsi le déshonneur te suit et te harcèle,
Tu le dompteras, France, ayant perdu l'espoir
De les vaincre, il te reste encore un grand devoir :
Lutter pour ton honneur et ta gloire immortelle.

C'est un combat à mort qu'il te faut soutenir.
Châteaudun l'a compris, le sang lave la tache.
On ne dira jamais que ce peuple fut lâche
Si ses cités, partout, savent s'ensevelir.

A Dijon on combat, on triomphe à Bapaume ;
Toul, Phalsbourg, sans se plaindre, endurent de grands maux
Belfort, jusqu'à la fin, repousse les assauts,
Et remplit de terreur les soldats de Guillaume.

Oh ! Saint-Quentin se fait un bel armorial,
Cette ville toujours a bien su se défendre ;
Coligny l'illustra. Ne pouvant pas la prendre
Philippe deux à Dieu voua l'Escurial.

Elle ajoute un nouveau fleuron à sa couronne,
Faidherbe sous ses murs tient un jour tout entier,
Etonnant et laissant le Van Gœber altier
Vainqueur, grâce aux renforts que de Moltke lui donne.

Qu'il est beau ce courage, étonnant, surhumain !
Fiers vainqueurs, vous n'entrez que lorsque les cadavres
Barrant seuls le passage, offrent libre à vos braves
Un vaste et sûr chemin.

Où donc trouver pareille gloire ?

Quel est le plus grand de ce roi

Qui s'illustre dans la victoire,

Du peuple luttant sans effroi ?

Conduite à ce point de misère

Est-il nation pour mieux faire,

Résister avec plus d'ardeur ?

Etonné, le monde t'admire,

O fière France, qui peut dire :

« Rien n'ai perdu, j'ai sauf l'honneur. »

Et je vais parcourant ainsi la sombre guerre

Qui te laissa sanglant, ô malheureux pays !

Car, à chaque moment, le cœur me dit : « espère,

Les enfants ne sont pas indignes de leur père

Lorsque le sort les a trahis. »

On n'admire pas moins les deux frères d'Horace,

Tombés morts, le front haut, vaillants, au champ d'**honneur**,

Que ce dernier vainqueur et vengeur de sa race.

On vous admire autant, généreux Curiace,

Ce n'est pas tout que le bonheur.

J'entends la voix qui crie : « Espérance ! espérance !
La France était au bord d'un abîme sans fond,
Chaque jour avançait un peu sa décadence ;
Mais, tout se régénère, enfant, par la souffrance...
Prudence, Honneur, Devoir, Vertu la sauveront. »

# CHATEAUDUN

La ville de Châteaudun a bien mérité de la Patrie.
(*Décret du gouvernement, 20 octobre 1870*)

Gloire à toi, Châteaudun! ta superbe défense,

Alors que l'étranger envahissait la France,

Vint redonner l'espoir au peuple raffermi.

Qui donc aurait pensé, voyant ta porte ouverte,

Que tu pourrais, sans peur, pousser un cri d'alerte

  A l'approche de l'ennemi ?


Sedan s'était rendue et Metz allait se rendre,

Nancy, d'autres encor n'avaient pu se défendre,

Toi seule, en ce moment, toi seule résistas.

Au vainqueur, se donnaient et villes et bourgades,

Tu l'attends, pour remparts ayant des barricades

  Et tes citadins pour soldats.

2.

Mais ils ont tous au cœur l'amour de la Patrie.

Je vois en eux la foi, la valeur, la furie

Qui font les grands devoirs et les grands citoyens.

Ils occupent les coins, les fenêtres, les places,

Résolus à périr en s'opposant aux masses

    Des noirs bataillons Prussiens.


Ils regardent sans peur le danger face à face,

Froidement, tel qu'il est; vaillante et forte race,

Que le péril ne peut que grandir, qu'exciter.

L'histoire les dira dignes des Spartiates,

Comme eux, ils feront voir à de fiers autocrates,

    Des gens prêts à leur résister.


Ils savent que la mort est, quelquefois, utile.

Ainsi, le grain semé ne reste pas stérile,

Il rend au laboureur d'innombrables épis.

De leur sang, répandu pour notre pauvre France,

Peut, de même, sortir une forte semence

    De héros, vengeurs du pays.

Rien ne peut t'émouvoir, ô forte, ô grande ville !

Car, tu veux nous montrer que rien n'est difficile

Quand on voit le danger et qu'on sait y courir,

Que même bombardée, en butte à la mitraille,

On peut quand on le veut, toujours livrer bataille

      Et qu'il est beau de bien mourir !


Le Von der Than est là, qui presse et qui menace,

Il espère te voir bientôt demander grâce,

Qui pourrait résister aux noirs oiseaux de nuit ?

Tu te dresses vaillante et forte dans la crise.

Ce chef a cru pouvoir écrire : « Ville prise ! »

      Au roi Guillaume qui le suit.


Il suffit, pense-t-il, de quelques compagnies

Pour chasser devant lui ces bandes réunies ;

Bien sûr de la victoire, il rit d'un air hautain ;

Il ne saurait prévoir, car il connaît ta force,

Que tu vas égaler, Grenade et Sarragosse,

      Gênes, Lérida, Saint-Quentin.

Il reconnaît sa trop coupable confiance,

En voyant reculer ses gens, pleins d'insolence,

Qui s'avançaient tout fiers, assurés du succès.

Pour la première fois, ils s'arrêtent, hésitent...

Sabre au poing, au combat, les officiers excitent,

      Dix Prussiens contre un Français.


Cette lâche conduite anime encor votre âme,

Une noire fureur vous porte et vous enflamme.

Vaincus, vous paraissez plus grands que le vainqueur.

Vous repoussez longtemps sa troupe qui pénètre

Dans la ville, un moment, pour aussitôt en être

      Chassée en proie à la terreur.


Ville, tu fus alors, admirable, héroïque,

Digne de ce beau temps où, fou, patriotique,

Le pays menacé, se leva si puissant.

Ainsi que le danger augmente le courage,

L'enfant qui se fait homme en voyant le carnage,

      Sans frayeur apporte son sang.

Comme autrefois Nisus, à la mort d'Euryale,

Sombre, se retournant l'air égaré, tout pâle,

Pour pouvoir le venger ou mourir avec lui,

Ils luttent, tout le jour, ardents aux barricades,

N'ayant qu'un but, rester où tant de camarades

      Sont morts sans avoir fui.


Les obus, dans leurs rangs, font bien des femmes veuves,

Tous ont à supporter les plus dures épreuves,

Mais à la mort, toujours ils montrent leurs fronts hauts.

Quand on les voit combattre avec cette furie,

On sent qu'elle est en eux l'âme de la patrie

      Et qu'elle en a fait des héros.


Rien ne peut épuiser l'ardeur qui les anime

Ou dompter leur courage, et la plus forte lime

Ne pourrait entamer et rompre un fer si dur.

Salut, ô combattants ! Salut, nobles victimes !

Salut, héros obscurs ! Salut, guerriers sublimes,

      Tombés en ce jour noble et pur,

Quand, le vainqueur entra dans la ville embrasée,
Triste et pâle, il songeait à sa troupe écrasée.
Allait-on, maintenant ainsi le recevoir ?
Il ne put pas vous voir sans frissonner de crainte,
O morts ! tombés si fiers sans exhaler de plainte
     En remplissant un grand devoir.

Était-ce là le cri de réveil de la France ?
Trouverait-il partout pareille résistance ?
Le mot d'ordre était-il enfin : « Vaincre ou mourir ? »
Ce pays englouti comme par une trombe
S'était-il entr'ouvert béant comme une tombe
     Qui ne devait plus se rouvrir ?

C'est ainsi qu'autrefois périt la grande armée,
Au milieu du triomphe et dans sa renommée,
Ce sort, aux Prussiens, serait-il donc commun ?
On pouvait l'espérer, si la France envahie
Luttait ainsi, partout dédaigneuse de vie,
     Comme tu fis, ô Châteaudun.

O ville, tu n'as pas remporté la victoire,

Mais ton nom restera synonyme de gloire;

Le monde a retenti de ton vaillant décès.

Et plus tard, nos enfants, en lisant nos annales,

S'écriront, admirant vos luttes inégales :

« Honneur à qui sauva l'honneur français. »

*Lorient, 1876.*

Note de l'Auteur. — *Sous ce même titre : MARCEAU, à M. Jean-Paul Laurens, Monsieur A. V. de S. a composé une poésie, qu'il a publiée dans le courant du mois de juillet. Comme les personnes qui liront les deux pièces pourraient croire à un plagiat de ma part, je tiens à constater que mes vers ont été remis à M. A. V. de S. le 5 juin, et qu'ils ont été annoncés le 1er juille comme devant paraître dans sa Revue.*

E. D.

# MARCEAU

*A M. Jean-Paul Laurens*

Est-il plus que Marceau, guerrier digne de gloire?
Il ne souille, jamais, cruel, une victoire ;
Il fait bénir son nom, même des ennemis.
Admiré des soldats sûrement il s'avance,
Il sait venir à bout de toute résistance,
    Vainqueur doux aux peuples soumis.

Terrible dans la lutte et tout plein de jeunesse,
A la mort, s'il le faut, il vole sans faiblesse,
Il se montre l'égal des meilleurs généraux;
Les succès sur son front forment une couronne,
Cette mâle figure entre toutes étonne
    Dans le grand siècle des héros.

Il semble être le fils des preux de Charlemagne,

Il brille aux bords du Rhin comme il brille en Bretagne,

Servir son pays est sa seule ambition,

Il lui donne à la fois et son âme et sa vie,

Du chemin de l'honneur jamais il ne dévie

    Orgueil de notre nation.


A qui le comparer? Dans Athènes, dans Rome,

Trouvons nous citoyens plus grands que ce jeune homme?

Comme Bayard, il est sans reproche et sans peur.

Il ne fait que passer, si brillant météore

Que son souvenir reste et pour jamais se dore

    D'une inaltérable lueur.


D'autres ont accompli des actes de courage ;

Ont inscrit dans l'histoire une orgueilleuse page,

Ont su consolider un empire au berceau.

Aucun, ne représente aussi bien la vaillance

Et, n'apporte en hommage au beau pays de France,

    Gloire aussi pure que Marceau.

Sa vie entière n'est qu'une fière épopée,

Sans tache il apparait franc comme son épée.

Homme heureux entre tous, il n'a pas d'envieux,

Le monde avec plaisir entonne sa louange;

Rare est sa renommée, où ne déteint la fange,

La terre étant si loin des cieux !


La France a vu contre elle, armer toute l'Europe,

Au midi, dans le nord, l'ennemi l'enveloppe;

Elle fait face à tous, la Patrie en danger.

Du sol semble sortir d'innombrables cohortes

De valeureux soldats, et bien loin de ses portes

Elle repousse l'étranger.


La guerre se poursuit acharnée, effroyable,

Il s'agit de combattre une haine implacable,

Tous les rois sont ligués contre un peuple nouveau ;

La nation n'est pas au-dessous de sa tâche,

Bientôt, les rois ont peur lorsqu'au loin se détache

Son jeune et glorieux drapeau.

Ses fils se sont jetés dans la mêlée ardente,

Le génie a sa place au fort de la tourmente,

Des héros semblent être aux périls accourus;

Avec talent, Marceau sait guider les armées,

Oh ! ce serait assez pour d'autres renommées

      Que ses victoires, Mans, Fleurus.


Que de titres de gloire acquiert ce patriote?

La clémence, à ses yeux, n'est jamais une faute,

Il croit que les soldats ne sont pas des brigands ;

Lui, qu'on vit s'élancer et prendre la Bastille,

D'une cruelle mort sauve une jeune fille

      Malgré les clameurs d'intrigants.


A la disgrâce, heureux, le front calme, il s'expose.

L'insecte enlève-t-il le parfum de la rose ?

Devant la calomnie il passe sans la voir,

Il s'entend sans frémir flétrir du nom de traître,

Il poursuit son chemin en n'ayant qu'un seul maître

      Et qu'un seul guide, le Devoir.

Quel est ce cri lugubre au fort de la bataille?

Marceau, Marceau se meurt! dominant la mitraille,

Ce cri sème l'effroi, sinistre événement,

Lorsque se fait entendre un grand coup de tonnerre;

Les autres bruits, soudain, s'éteignent sur la terre

      Comme muets d'étonnement.

Il remplit à la fois deux troupes de tristesse,

Le soldat ne sent plus dans son âme l'ivresse

Du combat; ce cri tint les esprits occupés.

Tacitement se fait la suspension d'armes,

Autrichiens, Français, laissent couler des larmes,

      Comme d'un même coup frappés.

Les ennemis en foule, apportent leur hommage.

Devant ce froid cadavre, il n'est pas un outrage.

Tous s'arrêtent saisis, émus à son aspect.

L'archiduc, Schebert, Kray pleurent le militaire

Qui fut toujours pour eux un si rude adversaire.

      Ils l'admirent pleins de respect.

Qu'elle est belle la vie, où, l'honneur est sans tache,

De ce brave qui n'eut de complaisance lâche,

Qui ne sut ce que c'est que ternir ses lauriers ;

De ceux qu'il a vaincus il obtient le suffrage,

Ils l'ont vu triomphant, au milieu du carnage,

    Venir protéger leurs guerriers.


Par Duguesclin cernée une ville succombe.

Il meurt, le gouverneur dépose sur sa tombe

Ses clefs, dernier hommage offert à son vainqueur ;

Glorieux, il le ceint encor d'une auréole.

Ici point d'apparat, — de l'orgueil nul symbole, —

    C'est un regret qui part du cœur.


Ta mort est au pays et non pour toi funeste !

Ton nom doit vivre autant, un grand tableau l'atteste,

Que seront en honneur la plume et le pinceau.

La peinture a trouvé de nos jours un Apelle

Pour rendre dignement cette scène immortelle

    De tes funérailles, Marceau.

Le cœnr ému, je viens aussi te rendre hommage.
J'aime à la parcourir cette incroyable page
Où du péril sortit grande la nation.
Il fallait ton courage, aux jours de défaillance,
Lorsque les Prussiens souillaient le sol de France
        Terribles dans l'invasion.

Tu les a vus, aussi, venir, ivres d'audace,
(Car, ils ont une haine à mort pour notre race !)
Du pays ils comptaient emporter un lambeau.
Verdun aux Prussiens, déjà, voulait se rendre
Beaurepaire et toi, seuls, vouliez vous bien défendre
        Faire de la ville un tombeau.

Beaurepaire, ta mort, honore ta mémoire !
Marceau, tu dus aller, devoir obligatoire, (1)
Annoncer à leurs chefs, présage de malheurs,
Une reddition ? Était-ce là ton rôle ?
Devant eux tu ne pus trouver une parole
        De rage tu versas des pleurs.

---

(1) Comme le plus jeune officier supérieur.

Français, il te fallait le jour de la revanche,

Le naufragé n'a pas plus désir d'une planche

Que toi de te trouver, alors, au premier rang.

Tu te précipitas plein de fougue guerrière.

Brusquement fut chassé, bien loin de la frontière,

     Pâle d'effroi le conquérant.


Si nous avions encor, Marceau, ton héroisme,

Ton grand amour du bien, ton pur patriotisme,

Ton ardeur, ton génie, aujourd'hui si cherchés,

Désireuse de paix, de force rayonnante

Aux sombres convoiteurs, sûre d'elle, géante,

     Notre France pourrait dire : « Approchez ! »

# LE BLESSÉ

*A L.-J. Béor.*

Tout le monde est parti, seul, sur la vaste arène,
Il est resté râlant, pour lui pas un ami.
Le soupir qu'il exhale, est une plainte vaine
A toucher de pitié le plus dur ennemi.

Son œil hagard a beau s'attacher sur la plaine,
Il ne rencontre rien qu'un champ toujours uni,
Et, de loin accourant, sentant sa mort prochaine,
Le noir corbeau, là-bas, dans le ciel infini.

Soudain, luit à ses yeux le pays de l'enfance,
Le ciel pur et si bleu de sa belle Provence,
La maison qui le vit joyeux au premier jour.

Il voit rêvant de lui, bien triste, son vieux père,
Sa femme au coin du feu causant avec sa mère,
Et, mourant, il sourit à leurs accents d'amour.

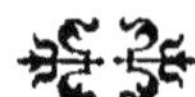

# PÈRE JEAN.

*A Stanislas Neveu*

— Sauvez-vous, père Jean, ils ont brûlé vos granges,
Détruit vos champs de blé, l'espoir de vos vendanges,
Ici, vous ne pouvez pas être en sûreté.
Votre fils Victorin, témoin de leur pillage,
Ne put se contenir, ardent, tout plein de rage
      Sur eux il s'est précipité !

Leur chef a succombé sous sa valeur guerrière
Alors, le regard fier, et la colère altière
Ayant fait son devoir, il s'est croisé les bras :
« Allez donc, tuez moi ! » Découvrant sa poitrine,
Il a montré son cœur, et dit à la voisine :
      « Sur mon père tu veilleras ! »

— Mon fils est mort martyr, de la mort du vrai brave,
Et le père fuirait? Ceci serait trop grave !
Donne moi mon fusil, je veux être immolé,
Ils me massacreront, après le fils, le père,
Une famille aura disparu de la terre
Sans que l'on puisse dire : « *un d'entre eux a tremblé !* »

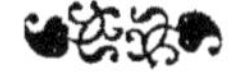

# SOUVENIR

*A Thierry B.*

Le cœur ému, j'ai vu la tombe du poète.
Etex a reproduit par son ciseau puissant
Ses traits nobles et fiers, son front calme, imposant,
Et pleine de grandeur fait resplendir sa tête.

Une feuille de chêne en ombrage le faîte,
Elle semble promettre au génie éclatant
Du chantre de Marie, enfant de Lorient,
La gloire, à tout jamais, comme un droit de conquête.

La plume, son symbole, est là sur le tombeau.
On voit ainsi souvent la cocarde guerrière
Orner du conquérant la demeure dernière.

Quel emblème à Brizeux, plus touchant et plus beau
Que cette arme, cette aide en sa lutte immortelle
Qui nous dit joie, aigreur, plaisirs, peine cruelle !

*Lorient, 1876.*

# DEVANT LE TABLEAU KERPAPE.


Oui, voilà la plage Bretonne,
Le rivage de Lorient,
Quand le soleil en souriant
Plonge dans la mer qui moutonne.

Ce tableau nous illusionne...
Qu'il est vrai ce reflet brillant !
Telle qu'elle est, sans faux fuyant,
C'est la nature qu'on nous donne.

Gloire au peintre qui de Vernet,
A le coloris clair et net ;
Gloire à Madame Lavillette.

Comme d'un fleuve l'affluent,
Chaque jour accroît son talent,
Les prodiges de sa palette.

# L'ESCLAVE.



*Marbre de Michel-Ange, au Louvre*


Je regardai longtemps, ébloui, fasciné.
Quel pouvoir souverain ! quelle main magistrale !
Que ce marbre est parlant ! Que de force il exhale !
De ta pensée, ô maître, il brille illuminé.


Qu'a-t-il donc cet esclave, ardent, infortuné
Qui ne peut soutenir une lutte inégale ?
On dirait qu'il s'en va s'applatir sur la dalle.
Oh ! qu'il est lourd le poids qui le tient incliné !

Il rêve à son pays, à ses douces compagnes.

Il veut la liberté dans ses libres campagnes,

Les périls du combat pour mourir noblement.

Il est chose d'autrui, hagard, plein d'atonie,

Il s'affaisse, ployé sous son accablement,

Comme il vit ce corps mort, sous ton souffle, Génie !

# VÉNUS DE MILO.

*A Charles R....*

Fraîche et belle comme le jour,
     Du séjour
Des cieux, semblant garder la trace,
Elle se dresse fièrement,
     Froidement,
Superbe de force et de grâce.

Tout en elle est attrait puissant
     Saisissant,
On se sent pris par son sourire.
Son doux regard comme l'éclair
     Vif et clair,
Soudain vous charme et vous attire.

Sa taille ne peut qu'étonner
Et damner
Ceux qui s'occupent de sculpture.
Ses seins comme le marbre durs,
Ronds et purs,
Sont un chef-d'œuvre de nature.


Qui t'inspira maître divin,
Quand ta main
Fit cette beauté plus qu'humaine ?
Est-ce celle qu'aux champs Troyens,
Les païens
Se sont disputés ? est-ce Hélène ?


Est-ce Pénélope filant
Un fil lent,
Attendant qu'Ulysse paraisse ?
Est-ce Sapho dont la beauté,
La fierté
Étaient célèbres dans la Grèce ?

Je crois qu'à tes yeux alarmés
Et charmés,
Celle qui parut gracieuse,
Celle dont l'aspect te ravit,
T'éblouit,
Était Vénus victorieuse.

Tu pris tes ciseaux, ô Sculpteur,
Sans lenteur
Pour graver l'image vivante,
Nous léguant la divinité
De beauté,
Avec sa splendeur triomphante.

C'est ainsi que la vit Pâris.
Tout surpris,
Il a jugé comme tout homme.
Comme lui, le plus défiant
Te voyant,
Vénus, t'aurait donné la pomme.

# LE RÉVEIL.

*A Émile N.*

Cinq heures, écoutez ce roulement lointain.
« Tout le monde debout, » clame d'un ton hautain,
Notre chef de chambrée, auguste personnage,
Qui doit être écouté comme un aréopage.
En vain, on veut avoir un moment de répit,
On se trouve si bien en ce moment tapi
Au fond de sa couchette ! Il est si doux d'attendre !
Mais la terrible voix se fait encore entendre :
« Quatre jours consignés : » Pour ce faible délit !
Ou bien le caporal renverse votre lit.
Le nez sur le plancher, vous n'avez rien à dire,
Car, alentour, joyeux, tous les soldats de rire

Et longtemps d'applaudir à ce beau trait d'esprit.

Le café qu'on apporte, aussitôt vous guérit.

Il faut tendre son quart, au moment favorable,

Le paresseux perdrait la boisson délectable !

Même avant le réveil ! à ce cri répété :

« Café, » chaque soldat hors du lit a sauté,

Les malades pouvant dormir tout à leur aise

Ne sont pas les derniers, quelque soit leur malaise,

La diète ne serait pas bonne à leur santé.

C'est la seule boisson du soldat enchanté,

Elle le raffermit, l'échauffe, le soulage

Et lui donne du cœur pour se mettre à l'ouvrage.

*Lorient,* 1876.

# ADIEUX A LA CASERNE.

*A mes compagnons d'armes.*

Vous approchez de nous, ô visions lointaines,
Je sens le sang couler plus joyeux dans mes veines,
Un souffle d'air vivant m'a réchauflé le cœur.
Nous allons, de nouveau, profiter de la vie,
Le temps est terminé, notre année accomplie.
    Allons, joyeux, chantons en chœur.

Les fusils, de nouveau, nous saurions les reprendre.
Au premier cri d'appel qui se ferait entendre,
On nous verrait venir défendre le pays.
En attendant, amis, entrechoquons nos verres,
Saluons de nos vœux l'ère de jours prospères
    De bonheurs inouis.

4.

Vifs comme des oiseaux échappés de leur cage,

Nous allons profiter des plaisirs de notre âge;

Il ne nous fallait pas, ici, trop abuser !

Quoique ne voulant pas médire des bretonnes

Qui sont, vous le savez, de charmantes personnes,

    Vive Paris pour s'amuser.


Je vais donc te quitter, ô ma vieille caserne.

Le soir, je n'irai plus passer sous ta poterne,

Pressé pour arriver assez tôt à l'appel;

Mon lit ne sera plus un vrai champ de bataille

Où me faisait, la nuit, une profonde entaille

    Un ennemi cruel.


Je vais pouvoir le jour errer dans la campagne

En ayant à mon bras une belle compagne.

Qu'il est doux de causer longtemps à demi voix !

Et d'écouter, pensifs, rossignols et fauvettes,

    Qui, par leurs chansonnettes,

Savent remplir de vie et les champs et les bois !

Salut, ô Lorient, ville de peu de joie,

Salut, ô vaste mer, où le regard se noie,

Salut Bôve, en ces lieux, seul endroit fréquenté,

Au revoir Bel Lomner, magnifique rivage,

Hennebont et Larmor et Gave, belle plage

Où nous avons connu des éclairs de gaieté.

*Novembre 1876.*

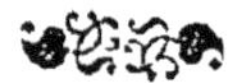

# NUIT DE GARDE.

Je suis seul, c'est la nuit, au loin, une heure sonne.
En faction, je dois sur le poste veiller.
Mon pas, sur le pavé, fort lourdement résonne,
Avec le froid, qui glace, il me faut batailler.

Oh ! le temps s'éternise ! Il ne passe personne,
Que faire ? regarder la lune au ciel briller !
Mais tout charmé, ravi, mon esprit s'abandonne
A de chers souvenirs qu'il ne peut oublier.

Est-ce toi, bien-aimée, avec ton doux sourire ?
J'entends ta bonne voix, quel plus charmant délire !
Béni soit le silence, avec moi te voilà.

Une ronde se voit, au détour de la rue,
Ton ombre veut s'enfuir, un instant apparue,
Voulant la retenir, j'ai crié : « Halte-là. »

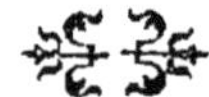

# A  L'INCONNUE.


O vous que j'aperçois passant légère et belle,
Vous avez pris mon cœur, c'est l'effet de vos yeux,
De grâce arrêtez-vous, souffrez que de mes vœux
J'accompagne vos pas, charmante demoiselle.

Vous ne m'écoutez pas, à mon abord rebelle,
L'éclair file moins vite, illuminant les cieux.
Un seul de vos regards vous suffisait, cruelle ;
Vous pouviez tout le jour me rendre si joyeux !

Sans doute, les humains ont trop loué vos charmes ?
Ce doux sourire a dû, souvent, causer des larmes
A ceux qui, comme moi, le cherchèrent en vain.

Mais pourquoi fuir ainsi ? Hâter votre démarche ?
Dussé-je vivre autant que vit un patriarche,
Je vous verrais toujours telle que ce matin.

# LE TROUBADOUR.

*A Léon D.....*

Il chemine en chantant et, partout sur sa route,
S'abaisse des châteaux le sombre pont-levis ;
La belle Châtelaine avec bonheur l'écoute ;
A la place d'honneur sur l'heure il est assis.

Il chante le vainqueur de la brillante joûte,
Le chevalier errant sans peur et sans soucis.
Ses paroles de feu résonnent sous la voûte,
Les féroces guerriers entendent tout surpris :

« Maudit soit le cruel, honneur à la justice.

Il est beau de combattre et vaincre dans la lice,

Car, la palme est remise aux mains de la beauté. »


A ses accents, bien loin, s'enfuit la barbarie;

Il fait naître l'Amour et la Chevalerie

Dans son siècle de fer, souffles d'humanité.

# DON JUAN.


Je suis seul immortel sur la mortelle terre
Rien ne vaut l'éclat, vif, changeant, de mes amours,
La belle que voici, pleure et se désespère,
Une autre m'a paru charmante en ses atours.

Le mari prévenu se garde, il a beau faire,
Sa porte, devant moi, glisse sur ses gonds lourds.
La femme a confiance en ma parole altière ;
Je n'aime pas, aussi, je triomphe toujours.

L'amante est un habit, que l'on prend, que l'on quitte,
S'il fatigue un instant, on le change au plus vite,
Serments d'amour sont faits pour ne pas se tenir.

Je vais passant ainsi joyeusement la vie,
Je me moque des sots qui me portent envie
Et ris du Commandeur chargé de me punir,

# DÉSESPOIR.



*A Paul Vibert.*

Elle a haine
De l'encens
Et dégaîne
Yeux puissants.

La hautaine !
Oh ! je sens
Qu'elle est reine
De mes sens.

Toujours ivre
A la voir,
Puis-je vivre

Sans espoir ?
Ame close,
Front morose.

# A MA VOISINE.


Je vois tout à côté
Assis à sa fenêtre,
Toujours plein de gaieté,
Un charmant petit être.

Admirable beauté,
En vous voyant paraître,
Un vif rayon d'été
En mon cœur semble naître.

A quoi donc pensons-nous ?
Pour moi je rêve à vous,
Heureux à la vitrine,

Et n'attends qu'un bonheur...
Que le ciel m'avoisine
Un jour de votre cœur.

# LETTRE D'UN VOLONTAIRE

*A son Amie.*

Je n'écris pas, pourquoi ? Voudrais-je te déplaire ?
Non, tes lettres toujours me font un trop grand bien.
Aurais-je le dessein arrêté de me taire ?
Ta pensée, ici même, est mon plus sûr soutien.

Tu me dis : « Que fais-tu ? monsieur le volontaire
De moi n'a souvenir ! » Tu sais qu'il n'en est rien !
Je suis plus confiant, car, sans crainte j'espère
Encor en notre amour, invisible lien.

La vie, ici, crois-moi, conduit à la paresse ,
Toute la soif d’agir bientôt s’éteint et cesse,
Faire ce qu’on commande est la loi du troupier.

Quand arrive le soir, épuisés d’exercices,
Nous songeons au repos avec joie et délices,
Je puis ne pas t’écrire, oh ! non pas t’oublier !

# SONNET

Je souffre, ô femme, écoute moi,
Vaincu, je ne puis me défendre,
J'ai ressenti si fort émoi
Que tout à toi je viens me rendre.

J'arrive tout tremblant d'effroi,
Mon cœur palpite d'amour tendre,
De nouveau renaîtra la foi
Si douce voix se fait entendre.

Réponds, mon âme émue attend
Et se déchire dans l'angoisse,
Tu vois, je suis tout haletant.

Veux-tu que ma douleur s'accroisse?
Moqueuse voix m'a dit tout bas :
« Peut-être n'aime-t-elle pas? »

# SONNET

Avec plaisir l'oiseau s'égare dans les cieux,
Il connaît le secret de ces hautes demeures,
Sans doute, tu nous plains en chantant si joyeux ,
Le bonheur est en haut, dans ton vol tu l'effleures.

Oiseau, faibles humains, vraiment audacieux,
Ivres de régions encor supérieures,
Soulevés par l'espoir, doux zéphyr, gracieux ,
Nous avons, nous aussi, des ailes à nos heures.

Nous volons dans l'espace, assurant le chemin,

Pour appui nous prenons une mignonne main

Et deux yeux pleins d'éclairs, nous tiennent lieu d'étoiles.


La femme est le pilote, oh! pilote léger,

Pour conduire à bon port un heureux passager,

Plus sûr vogue un vaisseau n'ayant ni mât, ni voiles.

# TRIOLETS



*A Mademoiselle ***, sur son portrait.*

Ce frais visage est bien joli,
Pour qui ne connaît le modèle.
Près de toi comme il a pali,
Ce frais visage est bien joli,
O photographe peu poli,
Que t'a donc fait, ma toute belle ?
Ce frais visage est bien joli
Pour qui ne connaît le modèle.

Où donc l'éclat de tes beaux yeux ?
Qui nous transpercent jusqu'à l'âme,
Faisant partout des amoureux.
Où donc l'éclat de tes beaux yeux ?
Ce vif regard, sûr, radieux,
Rapide éclair, brillante flamme ?
Où donc l'éclat de tes beaux yeux
Qui nous transpercent jusqu'à l'âme ?

Cher petit nez, coquet, mignon,
Qui fait si bien sur ta figure
Avec un air à lui fripon.
Cher petit nez, coquet, mignon,
Il s'attriste, ce vaillant bon,
D'être mis en déconfiture.
Cher petit nez, coquet, mignon,
Qui fait si bien sur ta figure.

Bouche rose, nid du baiser,
Où le sourire vient éclore
Où la grâce aime à reposer,
Bouche rose, nid du baiser,

Que l'on ne peut satiriser,
Tu nous parais, froide, incolore.
Bouche rose, nid du baiser,
Où le sourire vient éclore.

Oh ! ce portrait n'est pas flatté,
Brillante d'orgueil et de vie,
Resplendissante de beauté,
Oh ! ce portrait n'est pas flatté.
Je te trouve, en réalité,
Charmante à soulever envie,
Oh ! ce portrait n'est pas flatté,
Brillante d'orgueil et de vie.

C'est un grand inconvénient,
D'être par trop belle, ma mie,
Tu le sais à bon escient,
C'est un grand inconvénient.
Devant ce minois ravissant
Rends les armes, photographie.
C'est un grand inconvénient,
D'être par trop belle, ma mie.

# PANTOUM

## LE LAC.

*A André R***.*

Au lac, j'aime à me promener,
Les Naïades couvrent la rive.
Où donc penses-tu m'entraîner,
Amour, faut-il que je te suive?

Les Naïades couvrent la rive
Invisibles pour les mortels.
Amour, faut-il que je te suive?
Brûlant toujours sur ses autels

Invisibles pour les mortels
Elles inspirent leurs vains rêves.
Brûlant toujours sur ses autels,
Jusqu'à sa bouche tu m'élèves.

Elles inspirent leurs vains rêves,
Pleines de grâce et de beauté.
Jusqu'à sa bouche tu m'élèves
Sans voir son regard irrité.

Pleines de grâce et de beauté
Elles font aimer la nature.
Sans voir son regard irrité,
Froideur, ne lui sert plus d'armure.

Elles font aimer la nature,
Faunes, sylvains, forment leur cour.
Froideur, ne lui sert plus d'armure,
Agites-tu son cœur, Amour?

Faunes, sylvains, forment leur cour,
Elles sont reines souriantes.
Agites-tu son cœur, Amour?
Ouvres tu ses lèvres tremblantes?

Elles sont reines souriantes,
Douces dans la divinité,
Ouvres-tu ses lèvres tremblantes
J'ai peur d'ouïr l'arrêt dicté.

Douces dans la divinité,
Elles aiment charmer et plaire.
J'ai peur d'ouïr l'arrêt dicté.
Bonheur ! elle soupire : « Espère : »

Elles aiment charmer et plaire,
Quel sûr moyen de gouverner.
Bonheur ! elle soupire : « Espère : »
Au lac, j'aime à me promener.

# A MA MIE


Tu me demandes si je t'aime?
Quel blasphème!
N'as-tu donc pas un sûr miroir
Pour te voir?

N'es-tu pas toujours jeune et belle?
Toujours telle
Que je te vis au premier jour,
Mon amour?

Ne possèdes-tu plus tes charmes,
Sûres armes?
Sont-ils éteints tes yeux brillants
Et riants?

Où rencontrer tes dents de moire
Pur ivoire?
Tes blondes boucles de cheveux
Si soyeux?

Ton âme est une fleur qui s'ouvre,
J'y découvre
Ce dont je ne puis me passer.
Me lasser

Un trésor, ta chère tendresse
Qui ne cesse
D'agir comme un baume vainqueur
Sur mon cœur.

Près de toi, je connais la joie
Et je noie
Mon chagrin qui sait apaiser
Un baiser.

Suis-je comme une girouette
Toujours prête
A varier, au moindre vent
M'émouvant?

Je sens l'ardeur de la jeunesse,
Ou, sans cesse
De s'aimer sont les amoureux
Très-heureux.

J'ai cet âge, où, le cœur se donne,
O mignonne,
Entier ayant pour aiguillons
Passions.

Sur tes lèvres souvent se glisse
La malice ?
M'as-tu voulu voir hors de moi,
Plein d'émoi ?

Tu sais bien que sous ton empire,
Je respire,
Et qu'il n'existe aucun tourment
Pour l'amant.

Oh j'aime et chéris mon extase,
Je m'embrase
Au feu brûlant de ta beauté,
Enchanté.

Si gracieux est ton sourire,
Qu'il m'attire,
Comme l'aimant le plus puissant,
Saisissant

A la fois mon cœur et mes lèvres
Pleins de fièvres
Que tu rends ivres de désirs
De plaisirs.

Te voir et t'admirer sans cesse,
O maitresse,
T'adorer toujours à genoux
Est bien doux.

C'est le bonheur de l'existence,
Quelle offense
Dire que je ne t'aime pas...
Même bas !

Lorsque je veux toute ton âme
Qui s'enflamme
N'ayant rien de plus précieux
Sous les cieux.

# TERZA RIMA

Tout me paraît joyeux, tout me plaît, tout m'enchante,
Le temps vole à côté de ma belle aux yeux doux,
Pourquoi ne pas durer toujours, heure charmante?

Elle mérite d'être adorée à genoux,
Où trouver autre part cette gorge d'albâtre
Et ce beau cou plus droit qu'une branche de houx.

Auprès d'elle, je sens un amour idolâtre,
Je resterais le jour entier à contempler
Son petit pied mignon, provocant et folâtre.

G.

Aussi bonne que belle, elle aime à consoler,
Sa voix est un concert, un ravissant murmure
Qui bien loin d'ici-bas, vous fait vous envoler.

Les peintres gâteraient sa gentille figure,
Son air si gracieux et ses appâts divins.
On ne peut que rêver une forme aussi pure.

Praxitèle aurait pris le contour de ses seins,
Raphaël eut rendu son enivrant sourire
Et Vénus envié la grâce de ses mains.

Elle brille, étincelle, et m'émeut. Je l'admire.
Mes yeux de ses beaux yeux aiment à s'éblouir
Et se plongent ravis dans l'amoureux délire.

Du mal d'amour je suis bien heureux de souffrir,
Mon extase est divine auprès de mon amante,
Tous les trésors des cieux pour moi semblent s'ouvrir.

Pourquoi ne pas durer toujours, heure charmante ?

# A MADEMOISELLE ***

QUI M'AVAIT DONNÉ UN BOUQUET POUR MA FÊTE.

Où trouver, je te le demande,
Un cadeau plus délicieux
Qu'un baiser dont tu fais offrande ?
Où trouver, je te le demande,
Quelque chose que l'on te rende
Mieux qu'un baiser sur tes beaux yeux ?
Où trouver, je te le demande,
Un cadeau plus délicieux ?

Pour moi le meilleur de la fête
Est de te voir pleine d'émoi
Et de t'aimer, chère fillette,
Pour moi, le meilleur de la fête
Est de sentir ta blonde tête
Heureuse s'appuyer sur moi,
Pour moi le meilleur de la fête
Est de te voir pleine d'émoi.

Rien ne vaut ces heures d'extase
Où, je sens palpiter mon cœur,
Où, ton âme à mon âme jase,
Rien ne vaut ces heures d'extase
Où, le feu de l'amour m'embrase
Sous ton beau sourire vainqueur.
Rien ne vaut ces heures d'extase
Où je sens palpiter mon cœur.

Où de trop serait la parole.
Nous nous entendons à ravir,
N'est-ce pas, petite folle,
Où de trop serait la parole ?

Quand le temps vole, vole, vole...
Le brigand, sans nous avertir !
Où de trop serait la parole,
Nous nous entendons à ravir.

Il sent bon ton bouquet de roses,
Et le choix n'en est pas commun,
Comme avec art tu le disposes !
Il sent bon ton bouquet de roses.
Ton haleine quand tu reposes
Exhale un bien plus doux parfum !
Il sent bon ton bouquet de roses,
Et le choix n'en est pas commun.

Un bouquet de roses se fane,
Mais notre amour ne s'éteint pas.
Il est d'essence diaphane ;
Un bouquet de roses se fane.
Le temps respecte ce profane,
Du vrai bonheur les frais appâts.
Un bouquet de roses se fane,
Mais notre amour ne s'éteint pas.

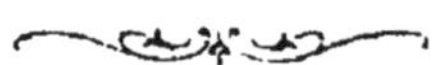

# LA MORT DE BRIZEUX.

*A Maurice Faure.*

> Tout près du pont Kerlo,
> Dans un bois qui pour maître avait le vieil Elo,
> Couché parmi les bois au murmure des sources.
> Je reposerais bien, je crois, après mes courses.
>
> BRIZEUX.

Retiré tout au fond de la terre de France,

Le poète breton y vivait-il heureux ?

Au pays du soleil, qu'aiment les amoureux,

Avait-il retrouvé la joie et l'espérance ?

Là, le sang est plus chaud et les regards plus doux,

Les femmes ont la grâce aimable des sirènes,

Par la bonté du cœur elles sont surtout reines,

Le poète divin se plaît à leurs genoux.

En Provence, il est doux d'errer à l'aventure,

Pensif, et, d'admirer le ciel pur et serein,
Quand la cigale, aux champs, par son joyeux refrain,
Vient encor animer la riante nature.
Brizeux, qui voulait voir les cœurs épanouis
Avait-il trouvé mieux qu'en la molle Italie?
Certes, le vin est bon sans la mauvaise lie,
L'habitant gâtait-il pour lui le beau pays?

> Il avait jeté l'anathène
> Au progrès, mal du genre humain,
> A la science qui ne sème
> Pas le bonheur sur son chemin.
> Plein de dédain des choses viles
> Il fuyait loin des grandes villes
> Où se vautre la volupté.
> Poète aimant les premiers âges,
> Il voulait les mœurs pures et sages
> Et la franche simplicité.
>
> Inspiré par l'horreur du vice,
> Il chanta son rude pays
> Où, l'on ne voit pas l'avarice

De barbares aux cœurs vieillis

Femmes, valez-vous la Bretonne ?

Son regard fier et grave étonne,

Son cœur a l'amour pour trésor ;

Il s'ouvre pour celui qu'elle aime,

Et le Breton, malheureux même,

Ne médit plus jamais du sort.


Qui pourrait raconter une touchante idylle ?

Il n'est plus le temps, où, le berger de Virgile,

A l'ombre d'un vieux hêtre enflait ses chalumeaux

Et par son chant faisait le bonheur des hameaux.

La vierge, tout émue, écoutait attentive,

Ravie aux doux accords de sa lyre plaintive,

Elle lui laissait voir son attendrissement

Car, ses larmes coulaient aux plaintes d'un amant.

L'idylle, de nos jours, l'idylle disparue

Ne saurait exister au milieu de la rue.

Elle méprise trop le calcul, l'intérêt,

Il lui faut l'air si vif, si pur de la forêt,

Le ciel ouvert, des cœurs aimants pour pouvoir vivre.

Oh! quel étonnement, quand apparut ce livre

Du parfum de Bretagne, encor tout embaumé.

Le sceptique lui-même en demeura charmé,

Il se sentait porter en vagabondes courses,

A l'ombre des grands bois, au murmure des sources,

Ne sachant d'où sortaient ces sons harmonieux

Qui le rajeunissaient et l'élevaient aux cieux.

— « Oh ! qu'il est doux l'amour, l'amour dans la campa-[gne,]

« Comme tu plais au cœur, ravissante compagne,

« Au milieu du silence et dans l'immensité.

« L'amant qui ne sait rien d'égal à ta beauté,

« Croit voir une déesse, en son âme ravie ;

« It t'aime tant, vois-tu, qu'il porterait envie

« Au souffle d'air léger, qui court dans tes cheveux.

« Frais sentiers, qui gardez la saveur des aveux,

« Est-il plus grand bonheur, que, presser ses mains blan-[ches ?]

« Alors que les oiseaux voltigent dans les branches

« Heureux, criant amour, amour, à plein gosier. »

O plaines de Provence, où fleurit l'olivier,

Vastes champs de melons et de fraîches pastèques,

Rives qui rappelez les parfums des mers Grecques,

Beaux côteaux recouverts du pâle prunellier.


Valez-vous la contrée, où, l'âme unie à l'âme,

Un moment a connu le sincère bonheur ?

Où, l'homme suit encor les principes d'honneur,

Où, le fard ne sert pas de parure à la femme.


Si Brizeux avait pu vraiment nous oublier,

Moments heureux et purs de sa belle jeunesse,

Si, de se rétracter il eût eu la faiblesse,

C'eût été sur ce sol, aimable, hospitalier.


Le matin, au réveil, le soir en se couchant,

Il revoyait toujours la sereine lumière

De la Bretagne aimée ; à son heure dernière,

Pour son lointain pays il fit ce dernier chant :


> Adieu, trop lointaine Patrie,
>
> Adieu rives du pont Kerlo,
>
> Que nous aimions tant, ô Marie.

Je te vois encor, douce amie,
Assise émue au bord de l'eau.
Adieu trop lointaine Patrie.

J'écoute notre causerie,
Au bois épais du vieil Elo,
Que nous aimions tant, ô Marie.

O ma jeunesse! O rêverie!
Là bas le bonheur fut mon lot.
Adieu trop lointaine Patrie.

Seul ornement dans ta prairie,
Croît le genêt sauvage et beau,
Que nous aimions tant, ô Marie.

Près d'une croix, le Breton prie,
Car, il espère un Dieu là haut.
Adieu trop lointaine Patrie.

Toujours mon âme est attendrie
A revoir ce touchant tableau,
Que nous aimions tant, ô Marie.

A vous seuls, gloire, idolatrie,

O poètes, porte flambeau.

Adieu trop lointaine Patrie.

A moi la Bretagne chérie,

Oh ! je veux avoir mon tombeau

Aux lieux que nous aimions, Marie.

Auprès de la vague en furie

Je serai bien sous l'arbrisseau.

Adieu trop lointaine Patrie.

Que nous aimions tant, ô Marie.

*Novembre 1877*

# SOUS BOIS

TRIOLETS.

*A Henri de Bornier*

Pierre et Jeanne s'en vont au bois,
Pourquoi vont-ils sous le feuillage ?
Ils se parlent à demi-voix,
Pierre et Jeanne s'en vont au bois.
Le gars est alerte et matois,
La jeune fille un peu volage :
Pierre et Jeanne s'en vont au bois,
Pourquoi vont-ils sous le feuillage ?

Aiment-ils le chant des oiseaux?
Le doux murmure de la brise
Quand se balancent les roseaux?
Aiment-ils le chant des oiseaux;
Du grand lac les limpides eaux,
Que le silence poétise?
Aiment-ils le chant des oiseaux?
Le doux murmure de la brise?

Ils s'y plaisent énormément,
Belle pour eux luit la nature,
Ils forment un couple charmant,
Ils s'y plaisent énormément.
Leurs yeux ont un rayonnement
De bonheur, que l'on se figure.
Ils s'y plaisent énormément,
Belle pour eux luit la nature.

Jeanne prend de vives couleurs
A la voix de Pierre pressante;
Semblable aux plus brillantes fleurs,
Jeanne prend de vives couleurs.

Les grands bois sont ensorceleurs,
Oh ! leur ivresse est pénétrante,
Jeanne prend de vives couleurs
A la voix de Pierre pressante.

— Sur la terre, le plus heureux,
« O ma Jeanne, tu peux m'en croire,
« C'est moi, Pierre, ton amoureux,
« Sur la terre, le plus heureux.
« De ta présence désireux,
« Je suis prêt à crier victoire ;
« Sur la terre, le plus heureux,
« O ma Jeanne, tu peux m'en croire.

« Près de toi, mon cœur engourdi,
« Soudain s'échauffe et se réveille,
« Il se retrouve plus hardi
« Près de toi, mon cœur engourdi.
« Ainsi qu'au soleil du midi,
« La rose devient plus vermeille,
» Près de toi, mon cœur engourdi
« Soudain s'échauffe et se réveille. »

Jeanne répond, tout le chemin

C'est une douce causerie,

Ils n'ont souci du lendemain ;

Jeanne répond, tout le chemin

Ils vont heureux, main dans la main

Qu'ôte parfois la bouderie.

Jeanne répond, tout le chemin

C'est une douce causerie.


Je n'entends plus que des baisers,

Oh! qu'il est doux ce frais ramage,

Soupirs de leurs sens embrasés,

Je n'entends plus que des baisers.

Ce ne sont pas des gens blasés,

Je comprends qu'ils aiment l'ombrage,

Je n'entends plus que des baisers,

Oh! qu'il est doux ce frais ramage.

*Mai 1877.*

FIN

Orléans — Imp universelle de A. Chérié, rue de la Hallebarde, 19